김선규 시집

바람의 흔적

바람의 흔적

2018년 9월 1일 1판 1쇄 발행

시   인 김선규
발   행 최진희

편   집 최형준
교   정 양계성, 하정민
진   행 김자홍
사   진 양경식

펴 낸 곳 (주)아시안허브
출판등록 제2014-3호(2014년 1월 13일)
주   소 서울특별시 관악구 신림로19길 46-8
전   화 070-8676-4003   팩   스 070-7500-3350
홈페이지 http://asianhub.kr

값 10,000원
ISBN 979-11-86908-49-5 (03800)

이 도서의 국립중앙도서관 출판예정도서목록(CIP)은
서지정보유통지원시스템 홈페이지(http://seoji.nl.go.kr)와
국가자료공동목록시스템(http://www.nl.go.kr/kolisnet)에서
이용하실 수 있습니다. (CIP제어번호 : CIP2018027414)

김선규 시집

바람의 흔적

바람의 흔적

초등학교 때 논에서 벼를 베다가 새끼손가락을 다친 적이 있다.

그 흔적은 지금도 훈장처럼 남아 있다.

내가 살아온 흔적은 내 몸과 마음에 고스란히 남아 있다.

버리고 싶어도 버릴 수 없고, 잊고 싶어도 잊을 수가 없다.

농촌에서 태어났기에 농촌의 흔적이 남아 있고

산업현장이 일터였기에 산업현장의 흔적이 남아 있다.

엄마 뱃속에서 잉태하기 시작한 순간부터 어제까지의 삶이 오늘이다.

그것이 "나"다.

서시(序詩)

詩
자연을 만나고
세상을 만나고
나를 만납니다.

詩
자연을 배우고
세상을 배우고
나를 배웁니다.

詩
자연을 놓고
세상을 놓고
나를 놓습니다.

2018. 8. 22.
靑山 김 선 규

contents

I. 바람, 마중

II. 바람의 자리

contents

III. 바람의 흔적

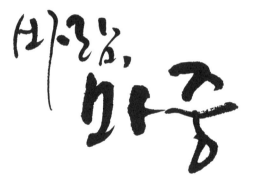

PART I

죽순 앞에서

나는 어디서 왔는가
너는 어디서 왔는가

어디서 왔길래
여기서 만나는가

나는 어디로 가는가
너는 어디로 가는가

어디로 가길래
여기서 갈리는가

만나고 갈리는 길
여기는 어디인가

껍데기

알맹이 쏙 빼가고
껍데기 나뒹군다.

알맹이 담았던 게
껍데기였는데

내 껍데기도
버려질까 두렵다.

봄봄봄

5·18 민주화 운동을 봄
6·10 민주항쟁을 봄
촛불혁명의 외침을 봄

봄봄봄
열사님들의 피 끓는 심장을 봄
침묵하는 내 모습이 부끄러워 고개만 떨구어 봄
가슴속 분노의 불꽃만 피워 봄

봄봄봄
붉은 도장 꾸욱 눌러 봄을 찾아 봄
아직 꽃이 피지 않은 봄,
그래도 봄이 좋아 봄을 불러 봄

쇠를 채우고

쇠를 채우고
맘은 닫히고

맘이 닫히고
쇠를 채우고

돌다리 두드리고 건너시지요

돌 틈에 노니는
물고기 놀라 거품 물지 않게
돌다리 두드리고 건너시지요.

돌 틈에 노니는
물고기 놀라 거품 물지 않게
돌다리 사뿐사뿐 건너시지요.

굶주림에 묻다

굶주림에 맞서다가
눈 돌아간다.
빵 집어 든다.

굶주림에 맞서도
영혼은 팔지 않는다.
육체도 팔지 않는다.

굶주림에 맞서다가
뭘 팔았는지
굶주림에 물었다.

어디쯤 가고 있을까

찾는 사람 없어 외롭고
찾는 사람 많아 괴롭고

외로움 달래러 바다로 가고
괴로움 잊으러 산으로 가고

내 길은
어디쯤 가고 있을까

묻지 마라

왜
사느냐고
묻지 마라
그냥 사는 것이다.

어떻게
사느냐고
묻지 마라
선하게 사는 것이다.

어디로
가느냐고
묻지 마라
그냥 가는 것이다.

어디까지
갈 거냐고
묻지 마라
나에게로 가는 것이다.

밤기차

달님
심심하세요?
산으로 달려도
따라오시네요

달님
외로우세요?
강 가로질러도
눈길 떼지 못하시네요

고마워요
오늘은 달님과
같이 있고 싶네요

심심하지도
외롭지도 않은데

부르고 싶은 이름이 있네요

봄이 온다

가슴에 묻어 삭힌 그리움
긴 기다림으로도 지울 수 없어
가슴에 뜨거운 눈물비 쏟네

향긋한 봄바람 춤추던
그날이 다시 올 수만 있다면
그대 가슴에 뜨거운 사랑비 쏟으리

인연이 왔다 간다

꽃 한 송이 피었다고
봄이 온 건 아닐 테니
옷자락 스쳤다고
인연 왔다 기뻐 마소

꽃 한 송이 떨어졌다고
봄이 간 건 아닐 테니
옷자락 놓쳤다고
인연 갔다 슬퍼 마소

무아지경

가슴이 흔들리도록 웃어 봐
어깨가 들썩이도록 울어 봐

너도 너에게 하고 싶은 말 해야 하지 않겠냐
네가 하는 말 너도 들어 봐야 하지 않겠냐

춘풍춘향

산들산들
봄바람 유혹 질에
옷자락 나풀나풀

봄향에 취할까나
봄볕에 물들까나
옷자락 나풀나풀

순정

그대 마음 훔치다
콩닥콩닥 가슴 떨었고
내 맘 들킬까
조마조마 가슴 또 떨었네

그대 아직 거기 있을까!

키스

골목은 침묵했다
달님도 눈감았다
입술은 떨리었다
나 어떡해

가을밤

밤사이
붉은 별들이
총총걸음 달려와
단풍나무에 울긋불긋 팔 뻗었네

밤사이
붉은 별들이
살랑 바람에 실려와
시냇물에 졸졸졸 발 담갔네

달빛 유혹

풀벌레 유혹 견디어 낸
오뉴월 노랑 감꽃

샛노란 시월 달빛 유혹에 넘어가
열매 붉게 물들었네.

소리 없는 달빛 유혹에는
넘어가고 싶다.

풀벌레야 그만 울어라
달빛 유혹에 빠져야겠다.

코스모스

갈바람 리듬에
허리 한번 돌려주고

눈부신 햇살에
윙크 한번 쏘아주고

몰려든 인파에
환한 웃음 넘겨주고

들이댄 카메라에
초상권 다 넘겨줘도

가을 하루가 바쁘다.
코스모스 한들한들

임 마중

그대를 마중하러 역에 나왔습니다.

한시라도 빨리 보고 싶어
플랫폼까지 내달렸습니다.

눈은 초롱초롱 기차가 쏘아붙이는
불빛을 단번에 낚아챕니다.

귀는 쫑긋 세워 기차가 몰고 오는
바람소리를 단번에 잡아챕니다.

마음은 헐레벌떡 그대에게로 달려들어
설레이는 호흡을 간신히 가다듬습니다.

현실주의

그대가 예쁜 건
지금 내 앞에 있음이요

그대가 더 예쁜 건
지금 내 맘에 있음이다

귀인

첫 눈이 옵니다.
닫혔던 마음 스르르 열어주는
귀한 손님입니다.
해마다 온다는 것을 알지만
해마다 설레는 사랑입니다.

첫 임이 옵니다.
얼었던 가슴 사르르 녹여주는
귀한 손님입니다.
해마다 오지 않는다는 것을 알기에
더욱더 설레는 사랑입니다.

사랑

파도는 단 한번의 몸부림으로
기암절경을 만들지 않았다.

바람은 단 한번의 휘날림으로
산천초목을 넘기지 않았다.

사랑은 단 한번의 설렘으로
고목에 푸른 잎 물들였다.

사랑은…
그랬다.

미혹

산들바람 유혹에
옷고름 휘날리며
앞산마루 걸터앉은 뭉게구름

산 아래 숲에서 뿜어오는
진한 향에 취할까
옷고름 묶었다 풀었다
손이 바쁘다

뭉게구름 놓칠까
눈 질끈 감았다 떴다
향 뿜는 편백나무
발은 더 바쁘다

산등성이 사이에 두고
줄다리기 애가 탄다

반전

천천히 오르려 했어
네 마음이 높아서

천천히 걸으려 했어
네 마음이 멀어서

그런데 말이야
빨라야 했어

네 마음보다 높고 먼
내 마음 때문에

여신

그녀를
여신이라 부릅니다
멀리서만
바라봐야 합니다

그녀를
여신이라 부릅니다
다가가지
말아야 합니다

사랑은
내가 놓을 때
더 빛나는 보석

오수(午睡)

하품이
발등을 향해
거침없이
내달린다

눈꺼풀은
손등을 향해
쏜살같이
내달린다

달달한 커피 유혹
물리치는 세포들
내달린다.

걱정하지 마

누구든
하늘 갈 때는
깨끗하다
시냇물도 하늘에서 왔다.

벼락

봄 햇살
듬뿍 머금은
꽃 담벼락
첫사랑 향기 품은 봄 벼락

사랑

사랑은

베란다 너머

꽃 정원에

밤새 설렘 향기를 물들였네

축복

세상에
와주신 것도
꿈 같은데
꿈에까지

소풍

김밥 싸주는 엄마
김밥 사주는 엄마

김밥 싸느라 손이 바쁘고,
김밥 사느라 발이 바쁘다.

엄마는 몸으로 달리고,
아이는 맘으로 달린다.

새들은 어디로 소풍 가나
어미 새 날개 폈다가 접었다가
바쁘고 바쁘다.

나물

땅에선 풀이었지
뜨거운 물 만나
나물되었네

영원히 풀일 줄 알고
나풀거렸는데
뜨거운 물 만나
나물되었네

토닥토닥

푸른 언덕에 올라
흐르는 바람결에 입술 내밀까나

맑은 계곡에 내려
흘러가는 물결에 다리 내밀까나

흐르는 것은 흘러가게 그냥 두고
내 거친 숨결에 손 먼저 내밀어 줘.

새처럼

산새는
하늘이 뜨거워도
춤 멈추지 않고

뭉게구름 나뭇잎에
푸른 그늘 달아주지

바닷새는
모래가 뜨거워도
노래 멈추지 않고

뭉게구름 그림자에
푸른 바람 실어주지

바람 / 소나무 / 색즉시공 / 침묵 / 새날-1980 오월 / 본능 / 별밤 / 베아트리체
베르테르 / 고디바 / 유혹 / 어느 봄날 / 아모르 파티 / 북악산 / 팔베개
물으시길래 / 잘 가시라 / 울지 마 / 깜빡깜빡 / 자작나무 / 근심
그러했었던 적 없습니다 / 칭칭칭 / 가벼운 사랑 / 꽃, 피고 지다 / 외사랑
건어물 / 만추 / 알타리무 / 묵은지 / 아슬아슬 / 바스락 바스락 / 산책 / 잉태

바람의
자리

바람

어디서
왔냐고 묻거든
붉은 해
수평선 넘었다 해라

어디로
가느냐 묻거든
붉은 해
지평선 넘는다 해라

소나무

푸른 옷 한 벌이면 족했다.

진달래꽃 피고 지고
오색 단풍 오고 가고
흰 눈꽃 피고 저도

푸른 옷 한 벌이면 족했다.

등에 솔방울 매달고
어깨에 솔잎 걸치고
옆구리 거친 송진 토해도

푸른 옷 한 벌이면 족했다.

색즉시공

인연이었으니 스미었고
인연 다하였으니 스쳤을 뿐

날마다 취할 것도
밤마다 헤맬 것도 아니었다.

애초에
있는 것은 없는 것이었고
없는 것은 있는 것이었으니

이제 다시 스밀 것이다.

수줍은
꽃봉오리 인연 맺히기 시작했다.

침묵

돌아서는 발길
차마 볼 수 없어
먼저 돌아서는데

눈물은 벌써
손등 적시고 발등에 뚝뚝

쓰려오는 가슴
참아 낼 수 없어
먼저 울음 삼키는데

눈물은 벌써
가슴 적시고 발등에 뚝뚝

새날

– 1980 오월

새날이 왔는데
임들은 가고 없어라

임들이 흘린 핏물로
굳은 땅 촉촉이 적셔
새 꽃 피워 올렸는데

임들은 가고 없어라
새날이 왔는데

본능

길을 잃고서야
걸음을 멈추었습니다.

길을 잃고서야
바람을 보았습니다.

길을 잃고서야
길을 보았습니다.

별밤

별을 보러,
당신의 별을 보러
홀로 산 중턱에 오릅니다.
숨이 턱까지 차오릅니다.

별을 보던,
당신과 함께 별을 보던
가슴 설레던 그날 밤엔
숨을 쉴 수조차 없었습니다.

베아트리체

베아트리체
아름다운 여인이여!

눈부신 봄날의 광야여
화사한 오월의 장미여

그대 고운 눈빛에 취해
내 영혼은 갈 길 잃었네

베아트리체
아름다운 여인이여!
먼저 가지 말아요

베르테르

바람에 흔들리지 않은 나무는 죽었다
사랑에 흔들리지 않은 영혼도 죽었다

바람에 흔들린 푸른 잎새는 단풍으로 빛나고
사랑에 흔들린 베르테르는 별이 되어 빛난다

고디바

봄이 오기를 앉아서 기다리지 않았던 여인
굶주린 백성을 위해 영혼을 벌거벗었네

뜨거운 가슴이었을까
끓어오르는 분노였을까

여인은 끝까지 고개 숙이지 않았다
여인은 오직 봄을 향해 달렸네

※ **고디바** : 영국 코벤트리 시의 영주 '레오프릭 3세'의 부인

유혹

당신이었으면 합니다.
꽃비 뿌려
제 몸 화사하게 물들인 사랑
당신이었으면 합니다.

어느 봄날

맘으론 잊었다면서
몸이 왜 흔들리냐

맘으론 잊었다면서
눈이 왜 젖어드냐

잊으려 하지 마
몸이 울잖아

아모르 파티

아름다운 여인이여 눈을 떠요
그대 가슴 아직 붉은데 제발 눈을 떠요

사랑스런 여인이여 나를 봐요
그대 눈물 아직 붉은데 제발 나를 봐요

가여운 여인이여 눈을 떠요
그대 입술 아직 붉은데 제발 눈을 떠요

북악산

뒷산 백설은 뉘 가슴인가
뉘 가슴 저리도 시려와서
백설 급히 안았을까

뒷산 백설은 뉘 눈물인가
뉘 눈물 저리도 뜨거워서
백설 급히 녹였을까

팔베개

팔베개 오래 하면
팔 나가고

팔베개 짧게 하면
맘 나가고

뭘 내보내야 할까

물으시길래

꽃 이름
물으시길래
모른다 하였습니다.

열매 이름
물으시길래
또 모른다 하였습니다.

제 이름
물으시길래
모른다 하지 않았습니다.

모르는 건 모른다 하였고
아는 건 모른다 하지 않았습니다.

잘 가시라

잘 가시라
잘 사시라

사는 자는 가는 자 염려
가는 자는 사는 자 걱정

그러지 않아도 되는 것
그러지 않아도 괜찮은 것

잘 가리다
잘 사리다

가는 자는 잘 가고
사는 자는 잘 살고

그러면 되는 것
그래도 괜찮은 것

울지 마

울지 마
달님이 왔어

풀벌레 우는 강둑에서
뜨겁게 흘린 이슬꽃비
차가운 몸 속 파고들 때
서러웠지, 외로웠지

울지 마
달님이 왔어

깜빡깜빡

그럴 때가 있습니다.
양치를 했는지 안 했는지
약을 먹었는지 안 먹었는지
문을 잠갔는지 안 잠갔는지
나에게 물어 볼 때가 있습니다.

그럴 때가 있습니다.
해가 떴는지 안 떴는지
봄이 왔는지 안 왔는지
임이 왔는지 안 왔는지
나에게 물어 볼 때가 있습니다.

자작나무

자작자작 자작나무숲
붉은 노을 물감에 곱게 물들 제

그대 하얀 손목 잡고 사뿐사뿐

무아지경 자작나무 바람결에
들뜬 발길 내어 놉니다.

자작자작 자작나무숲
하얀 눈꽃 물감에 곱게 물들 제

살랑살랑 그대 진한 입맞춤

무아지경 자작나무 춤사위에
들뜬 마음 내어 놉니다.

근심

먼지가
쌓이지도 않았는데
싸~악 싸~악 비질소리
고요한 아침의 침묵을 흔든다

그대가 밤새 머물다 갔기에…

그러했었던 적 없습니다

그대를 사랑했었던 적 없습니다.
그대를 사랑하고 있습니다.

그대를 그리워했었던 적 없습니다.
그대를 그리워하고 있습니다.

그대를 바라봤었던 적 없습니다.
그대를 바라보고 있습니다.

칭칭칭

실타래
누가 엉키었나
내 몸 내가
칭칭칭

가벼운 사랑

나무는 조금 더 자랐다
숲은 조금 더 무성하다

골짜기 흐르는 물소리
푸른 잎 흔드는 바람소리
선명하다

산비둘기 모이 쪼느라
물소리, 바람소리 놓는다
선명한 외침을 놓는다

나무는 조금 더 자랐다
숲은 조금 더 무성하다

꽃, 피고 지다

머리에 꽃 꽂던 날
천지가 내 것이었음을

가슴에 꽃 피던 날
천지가 내 것이었음을

그것은
미친 가슴의 헐떡임

머리에 꽃 풀던 날
내 것이 아니었음을

가슴에 꽃 지던 날
내 것이 아니었음을

그것은
시린 가슴의 쓰라림

외사랑

어떻게 하면
당신의 사랑이 될 수 있는지

어떻게 해야
당신의 인연이 될 수 있는지

물어라도 볼 걸 그랬습니다.

'어떻게 했어야
당신의 사랑'이 될 수 있었을까요?

이제야 물음표 남깁니다.

건어물

해풍에
생선 말렸더니
생선은 해풍 따라가고
건어물만 걸려 있네

만추

바람은 울지도 않는데
푸른 잎새는 홀로 흐느껴
계절을 붉게 물들인다.

알타리무

잘록한 허리
오동통 뱃살
아삭아삭 알타리무 김치

시원한 아삭거림은
어디서 왔을까?

온종일 밭이랑 누비느라
새까맣게 야윈 다리

엄니의 숨소리가 거칠다.

묵은지

가볍게
소주 딱 한 잔만!

안주는?
삼겹살 굽지

상추, 깻잎은?
있으면 좋지

마늘, 고추는?
없으면 서운하지

김치는?
묵은지

많이 무겁네

아슬아슬

까마귀 날지 않았다
배 떨어지지 않았다

까마귀 뒤뚱뒤뚱
배 떨어질락 말락

까마귀 날아 오르다 날개 접네
배 떨어지다 배꼽 잡네

바스락 바스락

연약한 연초록 나뭇잎
그 뜨겁던 여름 볕에도
싱그럽게 재잘대더니

가을 찬바람에 스르르
제 몸 고스란히 흔들어
아래로 아래로 내리네

이별이 서럽지 않은 건 아니지만
그래도 눈물을 참을 수 있는 건

연약했던 연초록 잎이
울긋불긋 꽃단장하고
화사하게 흔들림이요

바스락바스락 재잘거림
내 가슴에 아직 고스란히
남아 있음이다

산책

길 걸어야 산책이나
땅 디뎌야 산책이나

네 맘속으로
내 맘속으로

발 길,
맘 길 내디디면 산책이지

나는 지금 산책 중

잉태

푸른 탯줄 끊어내는
시골 아낙네의 구릿빛 팔뚝은
태양이 보낸 붉은 전사

한여름 숨막히는 고추밭 이랑에서
거침없이 생명선을 뚝, 뚝
끊어낸다.

아낙네의 등줄기로 흐르는
뜨거운 눈물은
또 다른 생명을 잉태하는 숨막히는 아우성
전사의 번개 같은 손놀림에
붉은 고추는 마지막 인연을
거칠게 끊어낸다.

바람의 흔적

바람이 분다

떠나가도 된다고
다시 와도 된다고
길 열었는데

못 본 건가
안 본 건가

바쁜 맘 길
애가 탄다.

찻잔 속에 태풍을 담아 놓고

찻잔 속에 태풍을 담아 놓고
입바람으로 바람을 달랜다

울지 마!
그런 말은 하지 마

사랑해!
그런 말도 하지 마

찻잔 속의 태풍도
찻잔 안에서는 큰 바람이야

꽃비

연기가 되어
나비가 되어
영원히 사라졌다고 믿었다.

꽃이 되고
비가 되어 돌아왔다.

굵지도
아프지도 말아야 할 이유다.

망각

그물 펼쳐 놓고 기다리면 된다.
바람과 물결은 지나갈 것이다.

그늘 걷어내고 기다리면 된다.
근심과 걱정은 지나갈 것이다.

바람아

먼지 쌓인 유리창
시원하게 물청소하듯

때 묻은 마음 창
시원하게 쓸고 가다오

바람아 쓸고 가다오

유유자적

흐르는 강물에 맨발 담그기 전까지는
흐르는 강물처럼 유유자적 살자 했네

찬 물속 거센 물살에 핏줄 쿵쾅거려
심장이 질서를 잃고서 알아차렸네

흐르는 강물처럼 유유자적 살자 하면
찬물에 발 담그고 가슴 찢겨야 함을

비애

흐르는 게 강물뿐이었으면 했는데
세월은 더 급한지 강물 앞서 내달리고
밥알은 세월 앞서 흘렀네

아들의 생선 가시 발라주다가
아버지 밥상 아래 흘린 슬픈 세월을 보았네

살다가

거울을 보다가
거울을 닦았다

하늘을 보다가
눈물을 닦았다

임이여
그 소나무 여태 푸르더이다

봄날에 간다고…

따뜻한 봄날에 간다고 했으니 괜찮아
꽃피는 봄날에 간다고 했으니 괜찮아

설레게 사랑했으니 꽃피는 봄이었지
떠나도 잊지 못하니 따뜻한 봄이었지

속이지 마

다음에
또 보자는 말
믿고 싶어

흔들린 눈빛 들키지 마
떨리는 목소리 삼키지 마

묻습니다

난 보고 싶은데
당신도 그런가요

난 보고픈데
당신도 그런가요

난 보고 싶은데
당신도 그런가요

당신이 너무도 보고 싶어서
늘 세 번씩 내게 묻습니다

무상

영원한 건 애초부터 없었다.

영원하지 않다는 것만 영원할 뿐이었다.

사랑도 그러하였다.

변하니까 아련했고 변할 수 있으니까 소중했다.

밥을 굶어가며

밥을 굶어가며
별을 보고, 별을 세던
그런 날 어디로 갔을까!

밥을 굶어가며
달을 보고, 달을 따던
그런 날 어디로 갔을까!

바람이 낙엽을
철없이 쓸고 간다.

인연

그대
내 가슴을 흔들던 날
우연이었던가요
필연이었던가요
아니면 우연을 가장한 필연이었던가요

그대
내 가슴에서 가던 날
우연이었던가요
필연이었던가요
아니면 우연을 가장한 필연이었던가요

그대
내 가슴에 스미듯 왔다가
맺을 수 없는 인연 줄 새겨놓고
우연인듯 필연인듯
멀리멀리 가시네요

홀로 푸르지 않았다

홀로 푸르지 않았다

벌레가 뜯지 않는 풀은
독초이런가
청초이런가

풀을 뜯지 않은 벌레는
독충이런가
청충이런가

서산 넘어가는 저녁놀은
독이었던가
청이었던가

먼 산 넘어왔던 나는
독이었던가
청이었던가

옷자락 스쳤다고

꽃 한 송이 피었다고
봄이 온 건 아닐 테니

옷자락 스쳤다고
인연 왔다 하지 마소.

눈 꽃송이 날렸다고
겨울 온 건 아닐 테니

옷자락 스쳤다고
인연 왔다 하지 마소.

눈물꽃

가실 거면 오시지 마시지
오셨으면 가시지 마시지

오시는 길 웃음꽃 한 송이 드리지 못해
가시는 길 눈물꽃 한 아름 바치옵니다.

그대 오고 가시는 길
소낙비처럼 짧았던 스침이었지만
임의 향 가슴 끝자락까지 스며들어
눈물꽃 아롱아롱 붉게 피어오릅니다.

오실 때 가실 줄 알았더라면
차마 빈손으로 맞지는 않았을 것을…

고행

흔들리며 우는 몸
난들 어찌 할 수가 없네

흔들리며 가는 밤
난들 어찌 할 수가 없네

흔들리며 가는 길
난들 어찌 할 수가 없네

흔들흔들 흔들흔들
난들 어찌 할 수가 없네

미련

아직 끝내지 못한 노래 있는데
새벽이슬 초록 풀잎에 대롱대롱

아직 부르지 못한 이름 있는데
새벽안개 붉은 햇살에 산산조각

아직 흘리지 못한 눈물 있는데
연분홍 꽃잎 장닭 울음소리에 뚝뚝

아직 떠나지 못한 사랑 있는데
하얀 꿈속 허무한 미련 한 자락

그대 울까 봐

떠나는
그대는 울지 않는데

보내는
나는 울고 있지

떠나는
그대는 웃고 있는데

보내는
나는 웃지 않지

그대여
가시라 가시라
가고 싶은 곳으로

그대여
가시라 가시라
아픔 없는 곳으로

그대 울까 봐
같이 못 가준다

그대 울까 봐

여기까지

여기까지였지
마른 나뭇잎 사이 지나던 눈보라

추운 날이었지
그래도 그대 하얀 손은 따뜻했어

여기까지였지
잿빛 갈댓잎 사이 지나던 겨울바람

추운 날이었지
그래도 그대 하얀 가슴은 보드라웠어

여기까지였지
기다리던 따스한 봄바람은 오지 못했어

추운 날이었지
돌아서서 가는 차가운 그대 뒷모습

산사의 아침

바람이 오지 않는 길
풍경소리 그립고

바람이 쉬어 가는 길
비질소리 바쁘다.

꽁보리밥

굶주린 배 채우느라
꽁보리밥 한 그릇에
눈 질끈 감아야 했습니다

감겨진 눈 사이로
희미하게 멀어졌던
당신의 빈 꽁보리밥 그릇

어머니!
당신의 꽁보리밥 그릇은
왜 그리도 작아졌는지요

붉은 맨발로 청보리밭을 누비시며
피 뽑아내던 당신의 청보리밭에서
꽁보리밥 한 그릇 수북이 담아놓고
눈 질끈 감아 봅니다

삼촌(村)

산바람 부는 산촌
갯바람 부는 어촌
들바람 부는 농촌

바람 부는
삼촌이 나는 좋아라

아픔도
상처도
눈물도

맑게 닦아 주는 산촌
깊게 품어 주는 어촌
넓게 안아 주는 농촌

삼촌이 나는 좋아라

봄날이 가던 봄

찢어진 바짓가랑이 사이로
거침없이 밀고 들어온 한 줄기 빛

더는 들어갈 곳 없어
뿌연 잔상만 흩뿌린다.

종착역 플랫폼 사이로
거침없이 밀고 들어온 쉰 기적소리

더는 달릴 곳 없어
가녀린 메아리만 흩날린다.

찢어진 바지는
할머니 바늘 침
일침으로
서글픔을 쓸어 담고,

쉰 기적소리는
비둘기 먹이 싸움에
고단함을 내려놓고
긴 잠을 청한다.

울 엄니

온종일 뙤약볕 맞으며
밭이랑 곱디곱게 쌓아

한 알 한 알 씨앗 심어 놓고
밤새 곤한 잠 주무신 울 엄니

이른 아침 산비둘기 가족
뒤뚱거리며 이랑에서 배 채우네

수건 질끈 묶고
흰 고무신 신고
밭이랑 들어서는 울 엄니

배가 홀쭉하다

삼백예순날

돌아서면
다시 돌아보고 싶고

손 놓으면
다시 손잡고 싶고

그런 애타는 날
삼백예순날 몇 번을 넘었는데

그런 어느 한 날
그대 엷은 눈물을 보았지
그대 하얀 볼을 스미듯 적시고
가슴으로 또르르 밀려난 눈물

그대 떠났는데
그대 다시 올 수 없는데

그대 잔인한 풀 향기는
내 맘속 깊은 곳으로 미칠 듯이 파고든다.

삼백예순날
또 몇 번을 넘었는데